DAS FALSCHE LEBEN DER ABIGAIL THORNTON

DANIELLE WEIDIG

MORGENGRAUEN

Wie an ungezählten Tagen zuvor ballt Abigail im Liegen zuerst ihre Fäuste. Danach zwingt sie ihre Finger, sich zu strecken und zu spreizen – das Ganze mehrmals, bis ihre Hände endgültig zum Leben erwachen. Nun krümmt sie ihre Zehen so lange, bis sie mit ihnen Murmeln aufheben könnte. An das morgendliche Knacken der Gelenke hat sie sich gewöhnt; nicht aber an die tägliche Mühsal und die Schmerzen.

Sie stützt sich auf ihre Unterarme und setzt sich auf. Mit beiden Händen schiebt sie die Decke beiseite und beugt ihre Knie. Nach einer gefühlten Ewigkeit baumeln ihre Füße über dem grauweißen Kunstfellvorleger und finden in ein Paar zartlila Filzpantoffeln.

Abigail schaukelt auf der Bettkante, um sich mit dem gewonnenen Schwung aufzustellen. Langsam greift sie nach ihrem pflaumenvioletten Frotteemantel am Kopfende und schlüpft hinein.

Das Fenster ist wie die Morgen zuvor mit Frostblüten verziert. Zwischen den kristallinen Strukturen, fein wie geklöppelte Spitze, schmuggeln sich zaubernussgelbe Sonnenstrahlen ins Schlafzimmer. Durch die Eisblumen kann Abigail die borkige Eiche nur erahnen, die sie vor Jahrzehnten *Old Comrade* getauft hat – die einzige ihrer Art in einem Garten, der viel zu klein ist für einen solch majestätischen Baum. Abigail hat es jedoch nie übers Herz gebracht, ihn fällen zu lassen, zu viele Sommer haben ihre drei Kinder unter seinem Laubdach gespielt.

Ein Blick zum Wecker: kurz vor 8:00 Uhr. Es kümmert niemanden mehr, wann Abigail aufsteht. Keiner wartet auf Frühstück, frische Wäsche oder Trost. Sie stellt sich vor, wie die Sonne gerade das erwachende Leben in Brighton betrachtet und nebenbei fedrige Löcher in die Nebelschwaden über dem Ärmelkanal reißt.

Ihr linkes Knie schmerzt. Sie langt nach ihrem Gehstock, den sie dank seines gebogenen Griffs *Eagle's Beak* nennt. Seine vertraute, rissige Holzhaptik sagt ihr mehr zu als die modernen Gehhilfen aus Hartplastik. Trippelschritt für Trippelschritt arbeitet sie sich zum Bad vor.

Der blecherne Duschkopf gibt das Wasser wie immer nur zögerlich frei. Bald versinkt Abigail wieder in ihrem flauschigen Morgenmantel: ein Luxus, den sie sich vor Jahren bei *Marks & Spencer* bestellt hat, aus einem Heftchen, das der *Sunday Times* beilag. Seit Jahren geht sie nicht mehr einkaufen, ihr Mittagessen bringt *Meals on Wheels*, alle anderen Lebensmittel *Sainsbury's*.

Abigail friert. Trotz der Kälte dreht sie die Heizung kaum auf, die Kosten für Gas sind enorm gestiegen. Ihre Witwenrente ist knapp, aber den Staat oder ihre Kinder um Hilfe zu bitten, kommt nicht infrage. Niemals wieder will sie von jemandem abhängig sein.

Es dauert eine Weile, bis sie ihren braungrauen Pullover übergestreift und ihren wollenen Rock hochgezogen hat. Hilfe beim Anziehen hat sie bisher abgelehnt. Sie würde sich schämen, jemandem ihre nackte Haut zu zeigen; die einzige Ausnahme ist ihr Hausarzt. Sie fingert aus einem Glas mit kaltem Wasser das künstliche Gebiss und beendet ihre Morgentoilette mit einem großen Klecks Nivea-Creme, den sie mit den Fingerspitzen auf Stirn, Wangen und Kinn einmassiert.

In der Küche schlägt sie zwei Eier in die Pfanne und gibt drei Streifen Speck hinzu. Sofort riecht das Haus nach Leben, wie soeben erwacht. Der Darjeeling-Tee gerät zu stark, ist aber mit viel Milch trinkbar und vor allem: Er wärmt.

Beim Frühstück denkt sich Abigail Gabelstich für Gabelstich in den Tag, der wie immer allzu gleich ablaufen wird.

DINGDONG, ruft die Glockenklingel.

POSTILLION

DINGDONG

Abigail erwartet keinen Besuch.

DINGDONG

Ein Klopfen an der Tür, als wäre Pochen lauter als Klingeln.

DINGDONG – DINGDONG

»Hallo?«, ruft eine junge Männerstimme.

Abigail gähnt. »Wer ist da? Ich bin fast neunzig, da muss man wissen, ob es sich lohnt, zur Tür zu gehen.«

»Ihr Briefträger. Bitte kommen Sie.«

»Sind Sie sich sicher?«

»Wie bitte?«

»Dass Sie die Post sind. Sie klingen weder nach dem Faulenzer James Gallaway noch nach der Quasselstrippe Martha Simmons.«

»Das ist auch schwierig, weil ich keiner von beiden bin.«

Es gefällt ihr, dass er nicht einfach seinen Namen nennt. »Ich mache mich auf den Weg, aber es dauert einen Moment.«

»Ich warte auf Sie.«

Abigail stützt sich am Tisch hoch. Der Schlag von *Eagle's Beak* auf den grauweißen Kacheln, später auf dem abgeschabten Linoleum im Flur und endlich auf dem graubraunen Steinboden klingt wie der Takt eines unrhythmischen Metronoms. An der taubenblau lackierten Tür angekommen, hängt Abigail *Eagle's Beak* an die Garderobe, direkt neben die selten benutzte Burberry-Jacke. Sie zieht einen blassrosa Schal vom Messinghaken und bedeckt sorgfältig ihren Hals. In ihrem Alter ist eine Erkältung nicht nur lästig, sondern gefährlich. Sie dreht den Schlüsselbund, es klimpert, und drückt die Klinke nach unten.

»Wunderschönen guten Morgen, Madam«, hört sie. Das Timbre erinnert an das Spiel junger Hunde.

Abigail schiebt ihren Kopf tief in den Nacken. Der Mann vor ihr könnte im Sommer jedes Eichenblatt von *Old Comrade* in zwei Metern Höhe begrüßen, ohne den Kopf zu heben. Seine gletscherhellen Augen blicken freundlich aus einem von rotblonden Locken umrahmten, kantigen Sommersprossengesicht.

Ein Köter in der Siedlung kläfft, als käme gerade Gevatter Tod ums Eck und wollte ihn einsacken.

»Mrs Abigail Thornton?«

»Steht vor Ihnen.«

Er kratzt sich im Nacken. »Lese ich auch an Ihrer Haustür, aber, wissen Sie, ich verließ Brighton vor fünf Jahren, und Mann, ich bin mir sicher, da hießen Sie anders.«

Er grinst ein windschiefes Lächeln und Abigail versucht vergebens, sich an ihn zu erinnern. Dabei fällt ihr eine kleine Lücke zwischen seinen Schneidezähnen auf.

BRIEFGEHEIMNIS

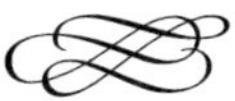

Abigail umfasst Eagle's Beak fester. »Wohin sind Sie denn gegangen?«

»Hab mein Glück in den Staaten versucht«, sagt der Postbote. »War aber schwerer, als ich's mir vorgestellt hab. Seit ein paar Wochen bin ich zurück und trage wieder Post aus. Sie haben mir sogar meinen alten Bezirk zurückgegeben.«

»Ein ehrenwerter Beruf.« Sie schluckt und beschließt, nicht länger auszuweichen. »Sie haben ein ausgezeichnetes Gedächtnis. Früher hieß ich Silverstone.«

»Darf ich zu einer späten Hochzeit gratulieren?«

Es geht den Kerl nichts an, dass Luke Silverstone vor vier Jahren das Zeitliche gesegnet hat. Zur Beerdigung kamen Lauren, die in Edinburgh einen Heilpraktiker geheiratet und dort ein Hutgeschäft eröffnet hat, George, der es trotz hölzerner Manieren zum Kunsthändler in Bath gebracht hat, und Matthew, nun ein Finanzexperte in London. Alle drei versicherten ihrer Mutter, immer für sie da zu sein und reisten am nächsten Tag ab. Seitdem schreibt Lauren wie früher zu Weihnachten und Ostern eine Karte, George schickt regelmäßig Pralinen, die Abigail an *Meals on Wheels* spendet, und Matthew vergisst ihren Geburtstag.

Wegen der Kinder war Abigail bei Luke geblieben.

»Wird das eine Inquisition?«, faucht sie.

»Natürlich nicht, Madam, aber dürfte ich Ihren Reisepass sehen?«

»Ist in meiner Joules. Im Wohnzimmer, auf dem Mahagonitisch. Bis ich ihn geholt habe, scheint die Mittagssonne in Ihren Nacken.« Abigail schnauft durch. »Entweder Sie sagen mir, worum es in aller Herrgottsfrühe geht, oder unser Schwatz ist beendet.«

»Gut, Madam, regen Sie sich nicht auf, die Formalitäten können wir später klären.« Mit beschwichtigender und erstaunlich eleganter Geste zieht er einen gelbbraunen, stark zerknitterten Umschlag aus seiner Posttasche und überreicht ihn ihr.

MRS ABIGAIL THORNTON
GREAT CHARLES STREET
BROWNHILLS
UNITED KINGDOM

»Sind Sie das?«, fragt er.

Abigail kennt die Schrift nicht. Mit Daumen und Zeigefinger dreht sie den Brief um und liest die Adresse des Absenders.

»Mrs Thornton.« Abigail hört die Worte wie durch allzu steif geschlagene Zuckerwatte. »Madam, bitte kommen Sie zu sich.« Eine besänftigende, heisere Stimme.

Aber wem gehört sie?

Abigail spürt Samt unter ihren Fingern, öffnet ihre klebrigen Lider und starrt in eine verschwommene Welt. »Fahre ich Karussell?«

»Nein, Sie liegen völlig ruhig auf Ihrer Couch.«

»Wer sind Sie?«

»Immer noch Ihr Briefträger. Aber jetzt rufe ich besser einen Arzt.«

BITTERLIEBE

»Keinen Quacksalber, nur Wasser«, bittet Abigail.

Sanft legt sich eine Hand unter ihren Hinterkopf und hebt ihn leicht an. »Mund auf.«

Schluck für Schluck kühlt das Wasser Abigails Rachen. »Kreislauftropfen«, wispert sie. »Küche. Unterstes Regal.«

Ein Löffel gleitet zwischen ihre Lippen. Es schmeckt bitter, und sie schließt wieder die Lider. Allmählich beruhigt sich ihre Welt und sie reibt unwirsch ihre Augenwinkel aus.

»Wie geht's Ihnen?« Das Sommersprossengesicht schwebt über ihr und wirkt besorgt.

Abigail wendet den Kopf. »Wo ist mein Brief?«

»Oje.« Er schlägt sich mit der flachen Hand vor die Stirn. »Sie haben ihn fallengelassen, als Sie ohnmächtig wurden. Bin gleich zurück.«

Dreißig Sekunden später wedelt er mit dem Umschlag. »1942 in New York aufgegeben.« Sein Ton schwingt ehrfürchtig.

Abigail fühlt Tränen aufsteigen. »Mehr als siebzig Jahre hat er gebraucht, unvorstellbare siebzig Jahre, um mich zu finden. Wo war er nur so lange?«

»Kann ich nicht sagen. Aber die Post versucht immer wieder, unzustellbare Briefe doch noch zu überbringen. Gut, dass Sie nicht mehr Silverstone heißen, ansonsten hätten wir Sie nie aufgestöbert.«

»Wollen Sie jetzt meinen Reisepass sehen?«

Er schüttelt den Kopf. »Ich habe noch nie einen ehrlicheren Beweis erlebt.«

»Danke, dass Sie mich ins Wohnzimmer geschleppt haben.«

»Keine Ursache, Madam. Ich bin ja bloß froh, dass Sie wieder bei sich sind. Und dass ich Sie auffangen konnte, bevor Sie auf den Steinboden gefallen wären. Zum Glück sind Sie federleicht.«

»Dasselbe sagte der Mann, der diesen Brief geschrieben hat.« Sie fühlt ein bittersüßes Lächeln und lässt es zu.

Er fährt über seine leicht nach links gebogene Nase und das Weißgelb der Sonne zerfließt auf seinem Haar zu Kupferrot. »Wer ist er?«

»Die Liebe meines Lebens.«

Der Postbote betrachtet Abigail und sie fühlt sich auf einmal unwohl.

»Sie glauben an die große Liebe?«, fragt er.

»Ich glaube.«

Er schüttelt den Kopf, und das Kupferrot glänzt wie feine Streichholzfunken. »Ich nicht mehr.«

Abigail stützt sich auf ihre Ellbogen. »Was ist mit euch jungen Leuten los? In Ihrem Alter glaubten wir alle an die große, einzigartige, alles überwindende Liebe.« Sie sucht in seinen Augen nach Antworten. »Wer ist sie? Oder er? Wer hat Ihnen so wehgetan?«

ZWISCHENTÖNE

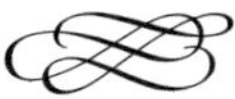

Der Postbote dreht sich ab und läuft durchs Wohnzimmer. An der Fensterbank bleibt er stehen und schaut über vernachlässigte Philodendren und Pelargonien hinaus, vermutlich auf das winterschlafende Beet neben der Terrasse, groß wie ein Grab. Melancholisches Zwitschern erwacht und ein Schwarm grau-weißer Heringsmöwen erhebt sich aus dem Garten.

»Sie heißt Lucia«, quetscht er Worte.

»Ein schöner Name.«

»Eine wunderschöne Frau.« Das Gequetschte hat Sehnsucht und Trauer Platz gemacht.

»Äußere Schönheit ist geliehen. Ich war früher auch schön.«

Er wendet sich wieder um. »Sind Sie heute noch.«

»Schmeichler.«

Schamlos offen betrachtet er Abigails Gesicht. Sie hält dem prüfenden Blick stand, bis er sich behände neben die Couch kniet. Seine Finger gleiten über Abigails Kopf und halten dabei einen respektvollen Zentimeter Abstand. »Hohe Wangenknochen, ein untrügliches Zeichen für Schönheit. Die gerade, hohe Stirn, genial. Dazu dieses Stupsnäschen.«

»Es wäre mir lieber, Sie nähmen Ihre Hände wieder zu sich.«

Der Postbote springt auf. »Verzeihung, Madam. Ich wollte nicht –«

Sie winkt ab. »Woher haben Sie diesen geschulten Blick?«

Er hebt die Augenbrauen. »Ich male Bilder. Glauben Sie bloß nichts Großartiges, ich pinsele erfolglos, verdiene keinen Penny damit.«

»Erfolg ist schwer zu definieren. Viele Maler sind erst posthum berühmt geworden, denken Sie an van Gogh. Was malen Sie?«

»Ich bilde Zwischenräume ab.« Die Antwort kam rasch und sein Blick senkt sich zum zerkratzten Kiefernparkett.

»Zwischenräume?«

»Ich betrachte die Welt. In ihr die Menschen und wie sie sich bewegen, reden, tanzen. Ich sehe Straßenlaternen, Abfalleimer, Zebrastreifen, Wacholderbüsche, den Regen, Parkbänke, irgendetwas, und gleichzeitig erkenne ich das nicht Sichtbare. Das male ich dann. Oh, das ist schwer zu verstehen, oder?«

Abigail räuspert sich und deutet auf das Wasserglas. »Sie lesen zwischen den Zeilen. Das tun alle guten Künstler. Wie findet Lucia Ihre Bilder?«

Er reicht ihr das Glas. »Sie dachte ... Sie sagte ... Sie meinte ..., nun, sie hätten Seele.«

»Nur darauf kommt es an.« Sie nippt am Wasser. »Mein Sohn handelt mit Kunst. Möchten Sie ihm ein Foto Ihrer Arbeiten schicken?«

Er hebt unschlüssig die Achseln.

»Wo ist Lucia jetzt?«, fragt Abigail.

APFELKUCHEN

Die Schultern des Postboten sacken. »Ich kann ihr nichts bieten.« Sein Ton kann sich nicht zwischen Wut und Resignation entscheiden. »Der amerikanische Traum hat für mich nicht funktioniert. Ich habe lediglich fünf Mal ausgestellt, immer bei Gemeinschafts-Expos. Dort bin ich auch vor einem Jahr Lucia über die Füße gestolpert.«

»Was ist passiert?«

»Ich ...«, setzt er erneut an, dann verliert sich sein Blick im Nirgendwo.

»Na los. Sie haben nicht den ganzen Tag Zeit. Im Gegensatz zu mir.«

Er ächzt. »Lucias Vater ist Senator. Sie wohnen in einem schicken Haus in Washington, D.C. Glauben Sie mir, diese Leute besitzen alles, was man sich wünschen kann.«

»Was Geld kaufen kann«, korrigiert Abigail.

Er stutzt. »Tatsache ist, dass *ich* nichts besitze. Ich bin nicht gut genug für Lucia.«

»Sagt sie das?«

Kopfschütteln. »Der Senator. Aber Lucia ist erst neunzehn Jahre alt, sie hört auf ihre Eltern.«

Abigail winkelt ihre Beine an und bewegt ihre Zehen. »Helfen Sie mir hoch.«

Kaum auf den Füßen, wackelt sie zur Küche, bemerkt unterwegs, dass *Eagle's Beak* fehlt und beschließt, dass es ihr egal ist.

In der Küche greift sie nach dem betagten Flötenkessel, den sie *Crazy Whistler* getauft hat, dreht Wasser auf und sieht zu, wie der Hahn es widerwillig ausspuckt.

»Was machen Sie?«, fragt der Postbote.

»Wonach sieht es aus? Ich koche Tee. Für Sie und mich.«

»Aber die Post; Sie haben selbst gesagt –«

»Wie lange tragen Sie in unserem Bezirk aus?« Sie schlurft mit *Crazy Whistler* zum Herd und entzündet das Gas.

»Seit gestern, Madam.«

»Ihre Vorgänger waren nie vor Mittag hier.« Sie linst zur Küchenuhr. »Jetzt ist es 9:00 Uhr.«

»Ich habe die Strecke geändert, meine alte Route wieder aufgenommen. Oh, ich könnte Apfelkuchen beisteuern. Meine Mutter hat ihn gebacken.«

»Geben Sie her! Meinen letzten Kuchen habe ich vor vielen Jahren in den Ofen geschoben.«

»Der Brief?« Er hebt den Umschlag auf Brusthöhe.

Abigail zieht die Tür des Geschirrschranks auf und deutet auf das Teeservice. »Lungern Sie nicht in meiner Tür herum. Das haben meine Kinder immer getan, wenn sie etwas ausgefressen hatten. Machen Sie sich nützlich, decken Sie den Tisch.«

VERGANGEN-ZEIT

Der Postbote drapiert den Umschlag auf der Wachstuchdecke, cremeweiß mit roten Röschen, und klappert bald mit Geschirr.

»Am liebsten würde ich den Brief sofort aufreißen«, gesteht Abigail. »Vierundsiebzig Jahre habe ich auf ein Lebenszeichen von ihm gewartet. Jetzt brauche ich erst einmal eine Tasse starken Tee.« Sie hält inne. »Wie heißen Sie?«

Ordentlich platziert er Teelöffel und Gabeln. »Jake T. Jones.«

»Wofür steht das T?«

»Tyrrell – nach meinem Großvater.«

»Gut, Jake Tyrrell, setzen Sie sich. Schön, dass Ihre Mutter die Tradition der Zweitnamen pflegt. Ich wurde Abigail Eliza getauft.«

Der Kessel pfeift. Nicht gellend, sondern als wäre ihm die Anstrengung des Wasserkochens mit den Jahren zu viel geworden.

Wenig später gießt sie schwarzen Tee in lindgrüne Tassen, während Jake Kuchen auf zwei Porzellanteller verteilt.

Abigail nippt Tee. Bitter entfaltet sich sein Aroma auf ihrer Zunge und sie gießt Milch in die Tasse.

Jake trinkt ebenfalls. »Ich gebe zu, ich bin neugierig.« Er nickt zum Umschlag. »So etwas passiert nicht alle Tage.«

Sie löst mit silberner Gabel ein Apfelstück aus dem Kuchen. In ihrer Nase mischt sich der Duft säuerlicher Früchte mit weihnachtlichem Zimt.

»Verraten Sie mir, wie er aussah?«, fragt Jake.

Abigail dreht den Brief um und liest den Absender vor. »David Thisseas Löwengart.« Ihr Zeigefinger fährt über den Namen. »Als Maler hätten Sie ihn wohl nicht als *schön* bezeichnet. Aber ich fand jede Facette an ihm wunderbar.«

Zögerlich tröpfelt die Geschichte ihrer Liebe über den Küchentisch.

»Dave war einen Meter neunzig groß, ich wirkte neben ihm wie ein Püppchen. Er hatte ein ruhiges, offenes Gesicht, makellose Zähne und wissbegierige, spatzengraue Augen. Er war ungeheuer belesen, obwohl er erst siebzehn war.« Sie hüstelt, nimmt einen weiteren Schluck Tee und wehrt mit der Hand ab, als Jake den Mund öffnet.

»Daves Familie flüchtete 1938 nach Brownhills, wo ich bei meinen Eltern wohnte. Sein Vater besaß in Deutschland eine Textilfabrik, aber es wurde dort zu gefährlich für Juden und so verkaufte er zum Spottpreis, wie seine Frau Niobe beklagte, die aus einem Vorort von Athen stammte. Sie waren auf der Durchreise, wohnten bei Niobes Schwester, die nach Brownhills geheiratet hatte.« Abigail schiebt das Apfelstück in den Mund, kaut und schluckt. »Vier Monate und fünf Tage waren Dave und ich Nachbarn. Die besten vier Monate und fünf Tage meines Lebens.«

Jakes Blick ruht auf Abigail. »Wie alt waren Sie?«

»Zwei Jahre jünger als Dave, zu jener Zeit galt man da als Kind. Meine Eltern ließen uns kaum unbeaufsichtigt, doch ab und an gelang es uns, auszubüxen.«

Zaghaft blitzt ihr Lächeln auf.

KIRMESZAUBER

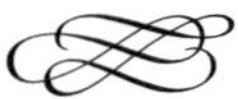

»An einem Sonntagnachmittag stahlen Dave und ich uns zum Jahrmarkt, er war nur ein paar Tage in der Stadt. Wir ließen uns vom Kettenkarussell im Kreis schleudern, staunten im Zelt des Zauberers, aßen Toffee Apples und Unmengen Zuckerwatte.« Abigail kichert und fühlt sich für Sekunden wie das Mädchen von damals. »Wir waren wahnsinnig glücklich. Zur Kirmeskapelle, die Musik war laut und blechern, habe ich zum ersten Mal getanzt. Es war himmlisch! Zum Schluss –«

»Bekamen Sie Ihren ersten Kuss?«, rät Jake.

Abigail winkt ab. »Nein, viel später, das kann sich heute keiner mehr vorstellen. Wir kannten uns bereits zwei Monate, aber hielten nur Händchen, wenn uns keiner sah.« Sie balanciert ein Stückchen Kuchen zum Mund. »Sagen Sie Ihrer Mutter, sie backt fantastisch.«

»Das werde ich, Madam. Wie ging es weiter?«

Sie spült mit Tee nach. »Dave kaufte an einem Stand mit Krimskrams zwei Holzdrachen, der eine feuerrot, der andere türkisblau. Ihn faszinierten diese Geschöpfe, er fand sie wunderschön, geheimnisvoll und einzigartig. Dave schenkte mir den türkisblauen. ›Diese Drachen weben unser ewiges

Band‹, glaubte er. Tja.« Ihre Lider flattern. »Da hat er sich geirrt.«

Jake starrt auf seinen leeren Teller, als wollte er vermeiden, Abigail in die Augen zu schauen. »Er ist nicht geblieben.«

Sie schüttelt den Kopf. »Konnte er nicht. Seine Eltern wollten weiter nach Liverpool und von dort aus nach Amerika. Der Tag seiner Abreise war entsetzlich.« Sie kneift ihre Nasenwurzel und blinzelt Tränen weg. »Wenn Sie noch etwas Süßes möchten, auf der Fensterbank sind Kekse.«

»Danke, Madam.« Jake steht auf und stellt die Blechdose auf den Tisch, ohne sie zu öffnen. »Dave ist wie ich in die USA gegangen.« Da ist es wieder, das windschiefe Lächeln.

Nun sprudeln Abigails Worte aus ihr heraus. »An unserem letzten Abend liefen wir ziellos umher, zuerst in der Stadt, dann weiter draußen. Wir hielten uns immer an den Händen, erstmals war es einerlei, ob oder wer uns dabei sah. Irgendwann, es war bereits dunkel, erreichten wir die Bauernhöfe und da« – Sie tippt auf die zarten Efeuranken auf ihrer Tasse, – »zog ich Dave in einen Heuschober.«

Jake wiegt den Kopf. »Das müssen Sie mir nicht anvertrauen«, sagt er gedämpft.

Abigail lacht ebenso leise auf. »Wie alt sind Sie? Zwanzig?«

»Vierundzwanzig.«

»Vierundzwanzig! Da würden die Details Sie eher langweilen. Dave und ich, wir kamen uns sehr nahe, aber gingen nicht den ganzen Weg.«

»Selbstverständlich nicht«, beeilt sich Jake zu sagen.

»O Gott, Sie klingen, als wären Sie zu meiner Zeit geboren. Die Wahrheit ist, dass ich die Stunden nicht zählen kann, in denen ich es bereut habe.«

DRACHENTAUSCH

Jake atmet hörbar aus. »Sie hätten schwanger werden können.«

Abigail streckt ihr Kreuz. Ihre Lendenwirbel antworten schmerzhaft. »Ein Kind der Schande in jenen Tagen, aber zumindest wäre etwas von ihm bei mir geblieben.«

»Mein Gott, wie sehr Sie ihn geliebt haben«, stammelt er.

»Ich liebe ihn heute noch.« Sie kann ihre Tränen nicht länger zurückhalten. Jake zückt ein Papiertaschentuch, Abigail zieht jedoch ein Stofftuch aus ihrer Rocktasche. »Ich putze mir die Nase lieber auf die altmodische Art.«

Jake rutscht auf seinem Stuhl hin und her.

Sie seufzt. »Möchten Sie das Ende hören?«

»Unbedingt.«

Abigail räuspert ihren Hals frei. »Zum Abschied tauschten wir unsere Figuren. Dave sagte, ich würde auf dem Rücken seines roten Drachen zu ihm fliegen, wenn er in Amerika Fuß gefasst habe. Er schwor zu schreiben, sobald er angekommen wäre.« Sie sticht die Gabel wie eine Forke in den Kuchen. »Aber es kam keine Nachricht, nicht eine einzige.« Sie prustet, als tauchte sie aus einem See auf. »Jetzt *will* ich wissen, was in dem verdammten Brief steht.«

Er reicht ihr den Umschlag über den Tisch, als hielte er ein ungekochtes Ei.

Sie stützt sich auf der Platte hoch. Das rechte Knie heult auf. »Könnten Sie bitte meinen Stock holen? Er hängt an der Garderobe.«

Auf *Eagle's Beak* gestützt, trippelt sie ins Schlafzimmer, entnimmt der bejahrten Chippendale-Kommode eine Pappschachtel, schlurft zurück in die Küche und sinkt auf den Stuhl. Mit zittriger Hand öffnet sie den Karton.

Jake späht hinein.

Auf bunten Wattekissen liegt ein hölzerner Drache. An seinen ausgebreiteten Flügeln haben einzelne Pünktchen roter Farbe der Vergänglichkeit getrotzt. Behutsam hebt Abigail den Drachen von seinem Wattebett. Unendlich sanft schließt sich ihre Hand um ihn.

»Sie malen, ich schrieb«, flüstert sie. »Bis ich den attraktiven Luke Silverstone traf. Ich vertraute ihm meine Erzählungen an und sein Urteil war so schlicht wie vernichtend: Du wirst nie ein Schriftsteller, du bist kein Mann. Ich sprach von Jane Austen, Virginia Woolf, Mary Shelley. Seine Antwort war: Schweigen. Ich wusste, Luke und mich verbindet nicht viel, aber da war ich bereits schwanger.«

Jake schluckt laut. »Und?«

»Wir heirateten. Was hätte ich sonst tun sollen?«

»Den Idioten verlassen?« Jakes Zeigefinger umkreist seinen Teller und lenkt Abigails Blick auf die Kuchenkrümel.

[illegible]
[illegible]
[illegible]
[illegible]
[illegible]
[illegible]
[illegible]
[illegible]
[illegible]
[illegible]
[illegible]

VORLESER

Abigail seufzt. »Ich habe versucht, mich von Luke zu trennen, ein einziges Mal. Sechs Monate nach Georges Geburt erlitt ich einen Kollaps, da war ich schon wieder schwanger, mit Lauren. Ich flehte meine Eltern an, uns aufzunehmen, aber mein streng katholischer Vater meinte, ich hätte mir Luke ausgesucht. Damit hatte er recht.«

»Kann man so oder so sehen«, brummelt Jake.

»Deswegen erzähle ich es Ihnen nicht.« Abigail wirft ihren Kopf zurück, als schüttelte sie eine wallende Mähne, und sofort beschwert sich ihr Nacken. »Wäre ich die Autorin dieser Geschichte, bäte ich Sie, mir den Brief vorzulesen.«

Jake blinzelt. »Warum?«

»Zum einen um der Dramaturgie willen«, erklärt sie, »zum anderen, weil meine Augen schlecht geworden sind.«

Behutsam öffnet Jake den Umschlag und dreht ihn so, dass Abigail die halb verblichene Tinte erkennt. Dann liest er laut:

Meine geliebte Abby,

Zeit ist ein Ungetüm, sie verstreicht unaufhaltsam. Seit wir in Amerika sind, schreibe ich Dir jede Woche, aber, meine

Drachenlady, warum antwortest Du nie? Ein Brief von Dir würde mich zum glücklichsten Mann der Welt machen!

Aber zum Neuesten. Ich habe in einer Spedition in New York angefangen, Im- und Export. Der Senior-Boss sagt, dass er Großes mit mir vorhabe, ist das nicht famos? Ich akzeptiere jede Stellung, wenn sie mir nur genügend Geld verspricht, um Dich schnell nachkommen zu lassen.

Oh, meine Abby, wenn ich am Hafen stehe, fühle ich Dich, als hätte der Ozean unsere Liebe gespeichert. Ich verzehre mich nach Dir, wie ich mich noch nach keinem Menschen gesehnt habe. Liebste, wir haben unser ganzes Leben vor uns, mein Herz. Ich warte auf dich. Küsse meinen Drachen, ich werde es spüren. Meine Drachenlady, gib uns nicht auf! Bitte schreibe bald!!!

In alle Ewigkeit
Dein Dave

Abigail weiß nicht, was sie empfindet: Glück, Trauer, Verwunderung – Wut?

Sie öffnet ihre Faust und küsst den Drachen. »Dave hat mich nicht vergessen.«

Ihr Puls klopft unstet und sie presst die Figur an ihre Brust. »Er hat mir geschrieben, immer wieder. Aber wo sind seine Briefe in all den Jahren geblieben? Wo um alles in der Welt?«

Jake platziert das alte Stück Papier mit andächtiger Miene auf dem Tisch, streicht es behutsam glatt und sieht Abigail mitfühlend an. »Wie dachten Ihre Eltern über Sie und Dave?«

Abigail legt den Drachen neben das Blatt auf die Wachstuchdecke, es sieht nun aus, als hielte er eines der Röschen im Maul. Dann greift sie nach dem Brief und hebt ihn vor ihr Gesicht. Er riecht nach nichts, obwohl er viel erlebt haben muss.

ERKENNTNIS

Die Tinte des Briefs mag königsblau gewesen sein, jetzt wirkt sie wie Wasserfarbe, und manche Buchstaben sind bestenfalls noch zu erahnen. Dennoch fällt Abigail auf, wie verschnörkelt die Großbuchstaben geschrieben sind. Hinter dem Wort *Drachenlady* prangt ein roter Fleck, der womöglich einst ein Herz symbolisierte.

Sie schaut auf, sieht es in Jakes Augen verräterisch glitzern und begreift, was geschehen sein muss. »Ich bin ein Einzelkind, spät geboren, der ganze Stolz meiner Eltern.« Sie nickt vor sich hin. »Diesen Schatz wollten sie nicht an Amerika verlieren, so könnte es gewesen sein; nicht wahr, Jake Tyrrell?«

»Nicht gut genug«, murmelt er und es klingt, als ob er an Lucia dächte.

»Zu weit entfernt.« Abigail tauscht den Brief gegen den Drachen und hebt die Figur in ihren gefalteten Händen an die Stirn. »Wenige Monate nach Daves Abreise sind wir nach Brighton umgezogen, mein Vater hatte eine bessere Stellung gefunden.«

Sie senkt ihre Hände in den Schoß. »Was soll ich Ihnen sagen? Dort am Wasser habe ich Dave gespürt, genau so, wie er es in seinem Brief beschrieben hat. Aber wie konnte ich ihn wiederfinden, zu jener Zeit?« Sie schluckt. »Am Tag unseres Umzugs lief ich zum Postamt in Brownhills. Ich gab der blonden Dame hinter dem Schalter unsere neue Adresse, auf rosarotem Papier, damit sie den Zettel von allen anderen unterscheiden konnte. Aber vermutlich warf sie ihn weg, kaum dass ich wieder auf der Straße stand.«

Jake zuckt mit den Achseln. »Denkbar. Aber schon damals gab es den Nachsendeauftrag. Wenn Ihre Eltern jedoch verhindern wollten, dass Sie in die Staaten abhauen –«

Ein schmerzhafter Blitz durchzuckt Abigail. »Dave lebte, ich lebte, aber wir durften nicht zusammen sein.«

Jake zieht sein Smartphone aus der Hosentasche. »Ich checke mal kurz was, Madam. Wie lautet nochmal Daves zweiter Vorname?«

Abigail buchstabiert.

Er tippt und schüttelt dann den Kopf. »Mieser Empfang hier. Ich geh mal auf Ihre Terrasse.«

Ab und zu ein Blick zum Brief. Ansonsten schaut Abigail regungslos zu, wie der Minutenzeiger zehn Mal das Zifferblatt umrundet, bis Jake zurückkommt. »Es gibt tatsächlich einen David Thisseas Löwengart in New York.« Triumphierend schwenkt er sein Handy. »Hier ist seine Nummer.«

Der Drache zittert in Abigails Händen. »Ich will mit ihm sprechen«, ruft sie aus.

»Wann?«

»Jetzt gleich natürlich.«

»Keine gute Idee, Madam. Dort ist es mitten in der Nacht. Ab 15:00 Uhr wäre okay.«

Abigail seufzt. »Gut. Um 15:00 Uhr.«

»Darf ich dann wiederkommen?«

»Ich bitte Sie sogar darum. Aber jetzt schreiben Sie mir Daves Nummer auf. Ab jetzt überlasse ich nichts mehr dem Zufall. Oder anderen Menschen.«

TELEFON

Um 15:00 Uhr wartet Abigail bereits hinter der Tür darauf, dass Jake klingelt. Als sie ihm öffnet, muss sie über seine erstaunte Miene lachen.

»Wow, sehen Sie aber hübsch aus«, ruft er aus. »In diesem blauen Kleid mit dem Spitzenkragen wirken Sie gleich um Jahre jünger.« *Nicht blau, sondern lila, eine Farbe, die Dave an ihr immer besonders gemocht hat.* »Und Sie waren beim Friseur, richtig? Hat er Ihnen diese pinke Taftschleife übers Ohr gesteckt? Oh, und geschminkt hat er Sie auch! Der lachsrosa Lippenstift passt großartig.«

Abigail schmunzelt. »Wie hätte ich es in so kurzer Zeit zum Friseur schaffen sollen? Aber die Kunst des Ondulierens beherrsche ich immer noch.« Allerdings hatte sie die Brennschere zuerst entstauben müssen. »Make-up habe ich auch ausgegraben.« Im wahrsten Sinne des Wortes, verborgen unter alten Waschlappen und Handtüchern. »Kommen Sie rein, ich habe Nusskuchen gebacken. Mit kandierten Mandeln, so konnte ich Sainsbury's Weihnachtsgeschenk doch noch sinnvoll verwenden.«

»Da bin ich bloß mal gespannt.«

»Tee ist auch fertig.«

Jake marschiert herein und will sofort zur Küche abbiegen.

»Nein.« Abigail hält ihn mit *Eagle's Beak* zurück. »Wir trinken unseren Tee im Wohnzimmer. Auch wenn es ein bisschen zu früh dafür ist.«

Jake kommentiert nicht, dass sie auf der Couch den ehemals roten Drachen neben dem Telefon auf einem rosafarbenen Kissen drapiert hat. Stattdessen zieht er einen der beiden Esszimmerstühle zum Mahagonitisch und setzt sich. Er ignoriert Kuchen samt Tee und nickt zum Telefon. »Soll ich wählen?«

»Das mache ich schon selbst.« Abigail fingert den Zettel mit der Nummer aus einer Tasche ihres Kleids. »Bitte seien Sie einfach da.«

Sie tippt, ihre Finger fühlen sich hölzern an. Energisch drückt sie die Freisprechtaste und nimmt den Drachen in ihre linke Hand.

Es tutet lange und klingt weit entfernt. »Hallo?«, meldet sich schließlich eine dünne Frauenstimme.

Abigails linke Hand rutscht auf ihr Knie. »Guten Morgen.« Sie klingt wie ein straff gespanntes Drahtseil.

»Wer ist da?«

Abigail atmet tief ein, schnaufend wieder aus, und nennt ihren Namen. »Ich möchte bitte mit David Thisseas Löwengart sprechen.«

Für quälend lange Momente schweigt die Leitung.

STÜRME

»Hallo?«, ruft Abigail. »Sind Sie noch dran?«

»Abby Thornton, sagten Sie?« Jetzt klingt die dünne Stimme hoch wie ein Sopran. »Daddys Drachenlady?«

Abigail umklammert den Telefonhörer ganz fest, damit er ihr nicht aus der schweißigen Hand rutscht. »Richtig.«

»Das ist nicht wahr. Nicht wahr«, schreit Daves Tochter.

»Aber ja doch.«

»Welch ein Hohn«, schnappt die Stimme wie ein zorniger, bissiger Hund.

»Aber was haben Sie denn? Ich möchte doch nur mit Dave reden. Bitte, geben Sie ihn mir. Oder ist er nicht da? Schläft er vielleicht noch?« *Oder will er nie wieder mit seiner Drachenlady sprechen?*

Aus dem Augenwinkel nimmt Abigail eine Bewegung wahr. Sie erschrickt, obwohl Jake lediglich goldbraunen Tee in eine mit Veilchenblüten betupfte Tasse gießt und sie nah zu ihr rückt.

Plötzlich schluchzt Daves Tochter.

Abigails Hände beben. »Was haben Sie?«

»Daddy ist tot«, krächzt es.

»Nein. Bitte nicht! Nein! Seit wann?«

»Er ist in dieser Nacht gestorben.«

»Wann?«

»Wie bitte?«

»Wann genau ist Dave gestorben?«

»Vor etwa drei Stunden.«

Abigail beugt sich mit einem Ruck vor und beißt ins Kissen. Der Telefonhörer rutscht aus ihrer Hand. Einen Wimpernschlag später jault sie auf und fegt die Blütentasse vom Tisch. Braungoldene Teetränen besprenkeln den frostweißen Flokati.

Jake ist aufgestanden, hat die Tasse aufgelesen und zurück auf den Tisch gestellt. Nun setzt er sich neben Abigail und umfasst ihre bebenden Hände. »Madam«, wispert er dicht an ihrem Ohr. »Madam. Es tut mir so leid.«

»Hallo?«, tönt es aus der Leitung.

Jake bückt sich, wischt das Telefon an seiner hellen Hose ab und schert sich nicht um die Flecken. »Hier ist Mrs Thorntons Briefträger. Ich habe ihr heute Morgen Post gebracht, 1942 in New York aufgegeben, und zwar von *Ihrem* Vater.«

Daves Tochter schnauft wie ein Blasebalg.

»Ich entschuldige mich fürs Mithören, stelle den Lautsprecher jetzt ab und gebe Ihnen Mrs Thornton.«

Jake hält die Hörmuschel an Abigails Ohr.

Sie umklammert wieder den Hörer. »Ich habe Ihren Vater mehr geliebt als alles andere auf der Welt«, wimmert sie.

»Ach.« Kurze, grausame Stille. »Ach, ach, ach. Haben Sie deshalb nie auf Daddys Briefe geantwortet? *Weil Sie ihn so sehr liebten?* Er hat alles Mögliche und Unmögliche getan, um Sie zu finden. Haben Sie ihn leiden lassen, *weil Sie ihn so sehr liebten?*«

ERINNERUNGEN

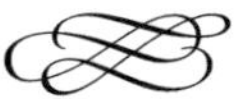

Jedes Wort von Daves Tochter war eine Anklage.

Abigails Magen und Seele rebellieren.

Sekunden später tätschelt Jake ihr den Rücken, stürzt dann in die Küche und kommt mit einer Papierrolle zurück. Wie ein Sohn putzt er streng riechende Galle von Abigails Mund, ihrem Hals und dem fliederfarbenen Kleid. Unfähig, sich zu rühren, fixiert Abigail eine grünlich glänzende Fliege an der weißen Decke.

»Legen Sie bloß nicht auf, Mrs Löwengart, oder wie immer Sie heißen«, ruft Jake. »Bitte legen Sie nicht auf.«

Die Fliege verlässt ihren Platz und schwirrt aus dem Zimmer.

Abigail kommt zu sich. »Oh, das müssen Sie wirklich nicht tun. Geben Sie mir die Rolle.« Sie reißt eine Handvoll Papier ab, tupft ein paar Flecken von ihrem Kleid und sucht dann das Telefon. Sie findet es auf dem Kissen, weiß nicht, ob Jake oder sie selbst es dorthin zurückgelegt hat, und nimmt es wieder auf.

»Hallo?«, wispert sie.

»Ich bin noch hier. Haben Sie sich etwa gerade übergeben?«

Abigail schnieft. »Nicht wichtig. Bitte, wie heißen Sie?«

»Abigail. Rufname Gale. Daddy hat mich nach Ihnen benannt. Auch wenn ich das erst später erfahren habe.«

Jake reicht ihr ein Glas Wasser und deutet zur Terrasse. »Ich geh eine rauchen«, flüstert er. »Ich bleibe aber, wo ich Sie im Auge behalten kann. Falls Sie mich brauchen, geben Sie mir einfach ein Zeichen, okay?«

Abigail nickt und nimmt einen Schluck kaltes Wasser, das sich in ihrer Kehle mit dem bitteren Geschmack von Erbrochenem vermischt. Von irgendwoher erhält sie einen Schuss Energie. »Darf ich Sie Gale nennen?«

»Von mir aus.«

»Gale, Sie machen gerade Schreckliches durch. Das tut mir sehr, sehr leid. Und nun haben Sie auch noch mich in der Leitung. Aber ich möchte Sie trotzdem um einen Riesengefallen bitten: Hören Sie mir einfach zu.«

Kurze Stille. »Okay. Reden Sie.«

Abigail schiebt sich ein Sofakissen in den Rücken, sitzt sehr aufrecht und erzählt.

Von Neuem durchlebt sie den Abschied von Dave und ihre unerschütterliche Hoffnung, ihn bald in Amerika in die Arme zu schließen.

Nochmals rennt sie in Brownhills zum Postamt, um der blonden Frau ihren rosaroten Zettel anzuvertrauen.

Wieder zieht sie nach Brighton um, blickt übers Meer und träumt von ihrer Zukunft mit Dave.

Noch einmal läuft sie jeden Tag von ihrer Arbeit im Schreibwarenladen nach Hause und fragt ihre Mutter, ob ein Brief von Dave angekommen sei. Erneut schmerzt ihr Nein wie der Stich eines Dorns, der mit jedem Tag wächst.

Danach streift sie ihre Ehe mit Luke und kommt auf ihre Kinder zu sprechen.

Mehrmals muss sie kurz unterbrechen, um durchzuatmen.

OFFENBARUNGEN

Zuletzt erklärt Abigail am Telefon, dass sie nach Lukes Tod ihren Geburtsnamen angenommen habe, wodurch Daves verirrter Brief endlich zu ihr finden konnte.

Sie schließt: »So wird mein Leben mit jenem Namen enden, mit dem es begonnen hat. Auch wenn ich mir *Löwengart* auf meinem Grabstein gewünscht hätte.«

Sie reißt ein Stück Papier von der Rolle, wischt stille Tränen und mit ihnen ihr Make-up hinein. Geduldig wartet sie, bis sich das Tausende Meilen entfernte Schniefen beruhigt hat.

»Eine solche Geschichte kann niemand erfinden.« Gale stöhnt auf. »Ich glaube Ihnen. Jedes verdammte Wort.«

»Danke.«

»Jetzt möchte ich Ihnen gerne von Daddy erzählen.«

Abigail nickt. »Ja, bitte. Alles, was Sie mir sagen möchten.«

Eine Viertelstunde später weiß sie, dass Dave ein erfolgreicher Geschäftsmann geworden war, Im- und Export. Seine einzige Ehe, erst mit Ende dreißig geschlossen, hielt nur vier

Jahre. Gale und ihre jüngere Schwester Eliza sind bei ihrem Vater aufgewachsen.

»Eliza, mein zweiter Vorname«, ruft Abigail.

»Wissen wir. Und – er war ein großartiger Daddy«, schwärmt Gale und schluchzt erneut.

»Davon bin ich überzeugt«, sagt Abigail.

»Er hat so oft von Ihnen gesprochen. Wir haben wirklich alles versucht: die Auskunft, natürlich, die Behörden in Brownhills, später das Internet, Social Media. Sogar eine Detektei hat Daddy beauftragt, doch niemand fand eine Spur von Ihnen.«

Abigail spürt einen Stich in der Magengrube. »Das Internet. Oh, ich habe mich nie für Technik interessiert. Ich bin damals fast zusammengebrochen, als sie mir mein schönes altes Telefon abknipsten und durch dieses Plastikding ersetzt haben.«

Stille.

Dann sagt Gale: »Entschuldigen Sie, aber ich muss mich jetzt wirklich zusammenreißen.« Plötzlich klingt ihre Stimme lauter und fester. »Bisher weiß nur Eliza Bescheid, sie lebt in Australien. Ich muss so viele Menschen informieren: Daddy war sehr beliebt.«

»Natürlich.« Abigail linst zur Terrasse, auf der Jake vor dem Beet steht und ihr zuzwinkert. Er hat die Tür offen gelassen und ein bisschen Zigarettenrauch ist ins Wohnzimmer gezogen. »Duschen Sie zuerst«, empfiehlt Abigail. »Und nehmen Sie ein Aspirin. Das hilft immer.«

»Ach.« Wohlige Kinderklangfarbe liegt in dieser einen Silbe. »Es klingt komisch, aber ich wünschte, Sie wären jetzt bei uns.« Sie stockt. »Möchten Sie zur Beerdigung anreisen?«

»Nein«, entscheidet Abigail spontan.

DRACHENLIEBE

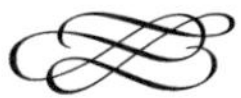

»Also, falls es um das Ticket geht, Geld spielt bei uns keine Rolle. Ich könnte noch heute –«

»Ich«, unterbricht Abigail, »fühle mich schlicht zu alt für einen solch strapaziösen Flug.«

»Das ist nicht Ihr Grund«, erwidert Gale und Abigail fragt sich, ob ihre Stimme ein offenes Buch ist, »sondern Ihre Entscheidung, die ich selbstverständlich respektiere.«

»Einen Moment noch«, ruft Abigail. »Ich möchte es Ihnen gerne erklären.« Sie schluckt Gefühle wie Kartoffel-klöße. »Hat Ihnen Dave von unseren Drachen erzählt?«

»Hach!« Gale klingt ehrlich erschrocken.

»Was ist?«

»Nein, Sie zuerst.«

»Dave« – Abigail wischt sich Tränen vom Kinn –, »hat mir bei unserem Abschied versprochen, dass ich auf den Schwingen seines roten Drachen in unser gemeinsames Leben nach Amerika fliegen würde. Nicht zu seiner Beerdigung. Es käme mir so unendlich falsch vor, mich in ein Flugzeug zu setzen; es würde unseren gemeinsamen Traum endgültig beenden.«

»Abigail«, zum ersten Mal spricht Gale ihren Namen aus, »das begreife ich. Und Daddy hätte es ebenfalls verstanden.«

»Nun Sie. Was wollten Sie nach Ihrem *Hach* noch sagen?«

»Daddy ...« Gale flüstert, als verriete sie den wahren Ursprung des Universums, »... starb mit Ihrem Drachen in seiner linken Hand.«

Ein Kosmos an Gefühlen rast durch Abigail und hält bei Liebe. »Das ist das wundervollste Geschenk, dass ich in meinem ganzen Leben bekommen habe.«

»Seltsame Antwort«, ein leichter Singsang schwingt nun durch Gales Stimme, »aber irgendwie auch schön.«

»Ich kann es nicht erklären, aber jetzt ist es gut.«

»Gut«, nimmt Gale das letzte Wort auf, »dann gehe ich duschen. Und danach suche ich Aspirin.«

»Geben Sie Dave einen Kuss von mir auf seine Stirn?«, wispert Abigail.

»Versprochen. Ach – wollen Sie Ihren Drachen zurückhaben?«

Abigail spürt ein Brennen in ihrem Herzen. »Das wäre wunderbar.«

VEGA & ALTAIR

Auf der Terrasse lehnt Abigail auf *Eagle's Beak* und betrachtet die Untertasse, auf der Jake drei Zigaretten ausgedrückt hat. Inzwischen hat es geregnet und die Kippen schwimmen im Wasser.

Sie blickt hinauf zu den Sternen, einige hängen vollkommen teilnahmslos am Himmel, andere blinken, als riefen sie Seelen.

»Ich brauche noch etwas Zeit, Dave«, flüstert sie. »Weißt du, ich erwarte wieder Post aus Amerika. Dann sind unsere Drachen endlich wieder vereint.«

Ein Windhauch lässt sie frösteln, und sie zieht den Harris-Tweed-Schal enger um ihren Hals.

»Dann möchte ich noch einige von Jakes Zeichnungen an George schicken, vielleicht kann er ihm weiterhelfen. Ob er dadurch seine Lucia doch noch bekommt, kann ich natürlich nicht sagen.«

Sie nimmt *Eagle's Beak* in die linke Hand und kramt mit der rechten den Drachen aus der Tasche ihrer Wolljacke. »Außerdem muss ich unsere Drachen noch in mein Testament aufnehmen. Ich will beide mit in mein Grab nehmen.«

Sie dreht sich um und schlurft zurück ins Haus.

Der schrille Ruf eines verspäteten Seeadlers verabschiedet sie.

Abigail dreht sich noch einmal um und winkt.

Dem Seeadler, Dave, der Unendlichkeit, Gott oder den Nachtelfen, wer weiß das schon.

Ein Stern blinkt besonders hell auf, als winkte jemand zurück. Vielleicht Vega, das Webermädchen, die von ihrem Liebhaber, dem Kuhhirten Altair, durch die Milchstraße getrennt wurde und ihn nur ein Mal im Jahr treffen darf, wenn ein Schwarm Elstern eine Brücke für sie bildet.

AUF WIEDERSEHEN

Wie schön, dass Du meine Erzählung

Das falsche Leben der Abigail Thornton

gelesen hast. Mein Dank gilt meinen Leserinnen und Lesern, meiner Lektorin Svenja und meiner Buchsatzkünstlerin Alexandra. Ebenso meinen Testlesern Guido, Werner und Christopher.

Wenn Du magst, melde Dich gern für meinen Newsletter an. Ich verspreche, dass ich mich höchstens einmal im Monat melde, denn ich werde auch nicht gern mit E-Mails zugeschüttet. Worüber ich schreiben will? Gedanken zu Literatur und Wort. Kurzgeschichten, dann und wann. Neuveröffentlichungen. Wo?

https://danielle-weidig.de/newsletter
Natürlich kannst Du meinen Newsletter jederzeit wieder abbestellen, mit jeder E- Mail, die Du von mir erhältst.
Aber auch ohne Newsletter-Anmeldung kannst Du mich natürlich auf meiner Website besuchen:

https://www.danielle-weidig.de/
Oder auf Instagram:
https://www.instagram.com/danielleweidig/
Facebook:
https://www.facebook.com/Autorin.Danielle.Weidig
YouTube:
https://www.youtube.com/@danielleweidig_autorin

Klimperkleine Bitte zum Schluss: Wenn Dir meine Erzählung gefallen hat, würde ich mich unbändig über eine kurze Rezension oder eine Sternebewertung auf Amazon oder anderen Portalen freuen. Es ist eine wichtige Form der Unterstützung für alle Autorinnen und Autoren.

Danke und alles Gute!

Danielle

IMPRESSUM

Das falsche Leben der Abigail Thornton
Copyright: Danielle Weidig, Mai 2025
Version 1

Danielle Weidig
Philosophenweg 10
61350 Bad Homburg
hallo@danielle-weidig.de

Umschlaggestaltung: Rainer Wekwerth unter Verwendung einer Bildvorlage
von 123rf.com
Kapitelfotos: @AdobeStock-Bilder
Lektorat/Korrektorat: Svenja Fieting
Buchsatz: Alexandra Mazar

Bibliografische Information der Deutschen Nationalbibliothek: Die Deutsche Nationalbibliothek verzeichnet diese Publikation in der Deutschen Nationalbibliografie; detaillierte bibliografische Daten sind im Internet über www.dnb.de abrufbar.

© 2025 Danielle Weidig
Verlag: BoD · Books on Demand GmbH, Überseering 33, 22297 Hamburg, bod@bod.de
Druck: Libri Plureos GmbH, Friedensallee 273, 22763 Hamburg
ISBN: 978-3-7693-7706-4